VICTOR HUGO A L'ÉCOLE DE DROIT

LE CAS
DE
JEAN VALJEAN

AU POINT DE VUE

HISTORIQUE, LÉGAL ET PHILOSOPHIQUE

PAR

CHARLES JOFFRIN

PARIS
E. DENTU, ÉDITEUR
LIBRAIRE DE LA SOCIÉTÉ DES GENS DE LETTRES
PALAIS-ROYAL, 13 ET 17, GALERIE D'ORLÉANS

1862

LE CAS

DE

JEAN VALJEAN

AU POINT DE VUE

HISTORIQUE, LÉGAL ET PHILOSOPHIQUE

Paris. — Imprimerie VALLÉE et Ce, rue Breda, 15.

VICTOR HUGO
A L'ÉCOLE DE DROIT

LE CAS
DE
JEAN VALJEAN

AU POINT DE VUE

HISTORIQUE, LÉGAL ET PHILOSOPHIQUE

PAR

CHARLES JOFFRIN

PARIS

E. DENTU, ÉDITEUR

LIBRAIRE DE LA SOCIÉTÉ DES GENS DE LETTRES

Palais-Royal, 13 et 17, Galerie d'Orléans

1862

Nous venons bien tard parler des *Misérables*. Mais l'œuvre de M. Victor Hugo est destinée à vivre longtemps, toujours peut-être, et notre étude y gagne d'être actuelle encore.

D'ailleurs, une raison nous a empêché jusqu'à présent de faire le petit travail que nous entreprenons aujourd'hui. De plus autorisés pouvaient traiter, au même point de vue que nous, de la question soulevée dans le livre de M. Hugo, et, dans ce cas, nous n'eussions eu qu'à nous taire.

AVANT-PROPOS

Gloire au poëte. — Respect à l'homme. — Libre examen des idées. — Voilà la triple devise, franche et loyale, sous laquelle nous entendons placer les quelques pages qui vont suivre.

M. Victor Hugo est un grand poëte. La France s'enorgueillit justement de lui avoir donné le jour. Gloire donc au poëte! — C'est une individualité immense qui doit, aujourd'hui surtout qu'elle se trouve dans une position exceptionnelle, inspirer à tous le respect le plus strict. Respect donc à l'homme! — Mais sous l'empire des principes qui paraissent lui être chers, M. Victor Hugo lui-même reste et doit rester soumis à l'examen. C'est cet examen que nous osons tenter.

Je dis examen, et non pas discussion. C'est que la discussion implique quelque chose de plus que l'examen, même le plus sérieux, et comporte l'idée d'une lutte littéraire, dans laquelle il y a deux adversaires qui cherchent à se convertir mutuellement à l'opinion que chacun d'eux croit la meilleure. Or, nous n'avons pas la prétention de combattre les doctrines émises par M. Victor Hugo ou, plus exactement, les doctrines qui semblent résulter de son œuvre, puisque M. Hugo s'est gardé, nous ne savons pourquoi et nous le regrettons, d'énoncer aucune conclusion précise ; nous avons simplement l'intention de rechercher si ces doctrines, ces déductions plutôt (c'est le mot, en effet, qui nous paraît le plus exact), doivent être admises comme rigoureuses, rationnelles, équitables même.

A ce sujet, faisons une remarque. En 1855, la *Revue des Deux Mondes* avait proposé un prix pour celui qui indiquerait le moyen de renouveler ces luttes littéraires ou philosophiques dont avaient été témoins la Restauration et le commencement de la monarchie de Juillet. Nous ne savons si ce moyen a été cherché, mais à coup sûr il n'a pas été trouvé, et voici pourquoi. Aux époques dont il s'agit, on reconnaissait encore des maîtres, des écoles en philosophie comme en littérature, et chacun s'enthousiasmait, se passionnait dans des sens inverses. M. Victor Hugo, puisque nous parlons de lui, doit tout le premier se trouver très-heureux qu'il y ait eu, à l'époque de ses débuts, ce qu'on appelait l'école classique, car c'est à cela justement qu'il a dû tout le retentissement que produisirent ses œuvres, ses œuvres dramatiques surtout. Aujourd'hui, le romantisme domine d'une part, l'éclectisme de l'autre : le romantisme qui est le libéralisme en littérature, comme l'éclectisme est le libéralisme en philosophie; et chacun ne relevant plus que de sa propre intelligence aussi bien que de sa seule conscience, tous ont un droit égal d'interprétation et de formule, et nul ne peut avoir d'autorité suffisante pour imposer *ex professo* la moindre idée nouvelle, si inoffensive qu'elle soit ou paraisse. — « Aristote l'a dit, » — « prenez Descartes, » disait-on autrefois. Aujourd'hui, les Aristotes modernes ne *disent* plus rien ; les Descartes n'existent plus, à qui on puisse recourir. Il n'y a plus de maîtres, partant plus de disciples. Il y a encore, il y aura toujours sans doute des hommes de génie, autour de qui rouleront toujours aussi de fades imitateurs; mais les faiseurs de pastiches ne sont pas des élèves. Est-ce un bien, est-ce un mal? Nous ne saurions le dire. Nous notons seulement, en passant, ce résultat qui nous paraît acquis, et d'où, croyons-nous, découle pour nous, pauvre inconnu, le droit de regarder en face la pensée de M. Hugo lui-même.

Pourtant, comme avec raison d'ailleurs on a conservé pour M. Victor Hugo une admiration qui n'a même fait qu'augmenter chez ceux qui sympathisent avec ses idées politiques, ce n'est encore qu'en tremblant que nous allons tenter d'examiner, examiner seulement nous le répétons, les questions soulevées dans son livre *les Misérables*. Quoique cet examen ait la prétention d'être impartial, et n'ait, en tous cas, d'autre but que celui d'aider à la recherche de la vérité, but qu'on ne peut ni ne doit interdire à nulle intelligence, quelque petite qu'elle soit, nous craignons bien, en effet, si nous passons aperçu, de nous attirer les anathèmes, non du grand poète, mais de ses admirateurs fanatiques. Les courtisans sont volontiers plus royalistes que le roi; et probablement on nous traitera de Welche et de Barbare parce que nous n'adoptons pas de confiance des idées qui, *à priori*, nous semblent susceptibles de doute. Si donc, toute réflexion faite, nous n'hésitons pas à livrer à la publicité le résultat de notre travail, c'est justement parce qu'à côté de la pensée de M. Hugo, qui est tout un monde, la nôtre n'est qu'un infime grain de sable, et que notre espoir est là.

Dans les principes qui semblent être ceux de M. Hugo, comme ils sont en cela ceux de l'Évangile, les derniers devant passer les premiers, nous devons à ce compte obtenir un joli rang, et cela nous donne l'intime confiance de mériter au moins quelque peu de considération de la part du poète philosophe, de celui qui, malgré nos réserves, ne nous semble pas moins réunir au suprême degré ce qui, chez les anciens, faisait le *Vates*.

LE

CAS DE JEAN VALJEAN

AU POINT DE VUE

HISTORIQUE, LÉGAL ET PHILOSOPHIQUE

Si nous avons bonne mémoire, le livre que M. Victor Hugo vient de publier nous était annoncé depuis 1848. Dans ce livre, M. Hugo devait mettre à nu toutes les grandes misères sociales, et se faisant l'André Vésale de ces affreux cancers moraux, qui, prétend-on, rongent la société décrépite, étaler, toucher du doigt, sous nos yeux stupéfaits, des plaies honteuses que nul n'avait vues, ou du moins signalées avant lui.

L'œuvre a paru : dix volumes. Et si nous ne nous trompons, l'idée principale, l'unique idée presque, développée dans ces dix volumes, mais complète dès la fin des deux premiers, c'est que la législation criminelle est trop dure dans certains cas, et, à un point de vue plus général, que la société ajoute toujours comme une aggravation à la peine *déjà subie*, par la façon rigoureuse, cruelle dont elle traite le forçat libéré, c'est-à-dire le criminel qui a payé à la loi la dette due pour son crime.

Certes, cette question, qu'il faut déduire de la lecture des *Misérables*, est assez grave pour avoir mérité l'attention de M. Hugo, qui autrefois traita déjà de la peine de mort ; et si nous attendions du poëte, après avoir lu les deux premiers volumes, qu'il y consacrerait, dans les huit autres, quelques pages spéciales, nous ne regretterons cependant pas le développement extraordinaire qu'il a donné à son œuvre et qui, côtoyant toujours cette grande question, sans l'aborder une seule fois, nous a fourni une preuve nouvelle, plus lumineuse encore que les autres, de cet esprit encyclopédique que nul aujourd'hui ne possède peut-être au même degré.

Les Misérables, à tout prendre, et en dégageant l'idée de sa splendide enveloppe, de sa formule éblouissante, ne sont donc que l'histoire romantique d'un forçat libéré, écrite sous l'inspiration d'un sentiment, selon nous, plus humanitaire en apparence qu'en réalité. Et pour étudier la question sérieuse qui paraît résulter du livre, nous allons rappeler ici les quelques faits qui nous semblent à eux seuls la résumer tout entière.

Ces faits, qui se réduisent à trois, sont : le premier, la condamnation de Jean Valjean à cinq ans de galères, pour vol d'un pain commis la la nuit avec effraction ; le deuxième, sa sortie du bagne ; le troisième, l'affaire Champmathieu, et, comme corollaire de celui-ci, l'annihilation complète de la personne de M. Madeleine, cette seconde et belle incarnation du forçat, résultant, comme conséquence inévitable, de la peine subie par lui, lorsqu'il n'était encore que Jean Valjean.

En 1795, un pauvre ouvrier, un misérable manœuvre — pour employer une expression qui dit mieux comment il s'agit ici d'un de ces êtres qui semblent abandonnés de Dieu et des hommes, qui ne peuvent gagner leur vie, et aussi quelquefois celle d'une nombreuse famille, que par des travaux cherchés et difficilement trouvés au jour le jour, — Jean Valjean brisait la vitre d'une boulangerie pour voler un pain.

C'était un soir d'hiver, d'un rude hiver, pendant lequel il n'avait pu trouver d'ouvrage. Sept enfants, les fils d'une sœur restée veuve, vivaient de son travail; les malheureux n'avaient pas mangé depuis le matin. Jean Valjean vola un pain, non pour lui, mais pour ces pauvres créatures qui mouraient de faim. C'était un crime, crime commis avec les circonstances aggravantes de nuit et d'effraction, crime qualifié et sévèrement punissable aux yeux de la loi. « Jean Valjean fut déclaré coupable, » dit Victor Hugo, « et condamné à cinq ans de galères : les termes étaient formels. »

C'est là le premier fait saillant, le point de départ de la vie de Jean Valjean. Condamné aux galères pour un pain volé ! Hélas ! la loi ne distingue pas. Elle est générale. Elle ne prévoit ni ne peut prévoir les cas spéciaux ; et la législation qui aurait prévu le vol d'un pain, dans les circonstances indiquées par M. Hugo, serait à coup sûr taxée d'immorale et d'infâme par M. Hugo lui-même. Il est donc certain que, sous le code actuel, le vol commis par Jean Valjean serait *passible* de la pénalité exorbitante de cinq ans de galères. Mais, disons-le, et disons-le hardiment, quoiqu'il nous soit affirmé par M. Hugo que, par deux fois différentes, il a rencontré le vol d'un pain comme point de départ du désastre d'une destinée, affirmons de notre côté qu'il n'est pas d'exemple d'une peine aussi terrible que les travaux forcés à temps infligée pour un vol de cette espèce. La loi est rigide, il le faut ; mais elle n'est pas fatale. Elle est ainsi faite au contraire, surtout avec l'institution du jury, qu'elle laisse à ceux qui sont chargés de l'appliquer le moyen de n'imposer au crime que le châtiment qui leur paraît équitable.

Et pourtant M. Hugo a cru certainement se montrer très-indulgent pour la loi en ne faisant condamner Jean Valjean qu'à cinq ans de galères. Cinq ans sont, en effet, le *minimum* de la peine des travaux forcés à temps, sous l'empire de notre code pénal actuel. Mais ce code n'a été promulgué qu'en **1810**, et en 1795 la législation criminelle était régie par celui de **1791**. Si donc la loi du temps avait été appliquée à Jean Valjean, ce n'est pas à cinq ans de galères, mais bien à quatorze ans qu'il eût pu être condamné. Voici, en effet, quels étaient les termes de la loi pénale de **1791**. — « Tout vol commis, sans violence envers les » personnes, à l'aide d'effraction, faite soit par le voleur, soit par son » complice, sera puni de huit années de fer. — La durée de la peine » dudit crime sera augmentée de deux ans par chacune des cir- » constances suivantes, qui s'y trouvera réunie : la première, si l'ef- » fraction est faite aux portes et clôtures extérieures des bâtiments, » maisons ou édifices ; la seconde, si le crime est commis dans une » maison actuellement habitée ou servant à l'habitation ; la troisième, » si le crime a été commis de nuit. »

Nous sommes étonné vraiment qu'un esprit comme celui de M. Hugo, minutieux à l'excès, qui semble prendre à tâche de prouver que nulle question spéciale ne lui est étrangère et qui va jusqu'à nous donner la description complète des égouts de Paris depuis le règne de Henri II, ait commis cette erreur historique, si insignifiante qu'elle soit. Insignifiante, puisque nous soutenons que, sous une législation comme sous l'autre, jamais la peine des travaux forcés à temps n'eût été appliquée à Jean Valjean.

En **1795**, il est vrai, l'introduction des circonstances atténuantes dans l'appréciation du crime n'était pas encore admise par le code ; mais l'esprit de la loi, en instituant le jury (c'est même là le seul vrai mérite qu'ait cette institution), a toujours été, en **1791** comme en **1810**, que les Jurés pussent peser, dans leur conscience, le degré de culpabilité de l'accusé. La simple constatation d'un fait matériel ne peut à elle seule en prouver la criminalité, et il est incontestable que, de deux hommes ayant commis la même faute, l'un cependant peut être plus coupable que l'autre. Soutenir le contraire serait nier la liberté, par conséquent la responsabilité humaine ; et c'est pour cela qu'à côté de la question de fait, les jurés ont à juger aussi la question d'intention.

Ces principes sont élémentaires en matière criminelle et leur application pure et simple pouvait certainement et devait même, en 1795 comme après 1810, épargner à Jean Valjean une peine trop sévère. Quel est, en effet, celui de nous qui, ayant eu à le juger, ne se fût pas senti assez de pitié dans le cœur, non pas pour excuser le vol, mais pour réduire autant que possible la culpabilité, la responsabilité et partant la dette à payer, le châtiment à subir. Ce ne sont pas, à la vérité, les jurés qui appliquent la loi ; mais c'est sur leur seule déclaration, déclaration qui ne relève que de leur propre conscience, que les juges doivent se baser pour mesurer, dans leur sentence, la peine à infliger au coupable.

D'ailleurs, en 1795, outre le jury de jugement, comme il existe aujourd'hui, il y avait un jury d'accusation, composé de huit membres tirés au sort ; et ce jury fonctionnait avec une telle imperfection, souvent même avec une si grande indulgence, que dès l'an V la suppression en était réclamée devant le Conseil des Cinq-Cents. Ce système offrait donc encore alors à Jean Valjean la chance de n'être même pas mis en accusation.

Enfin l'année 1795 elle-même nous semble bien mal choisie pour faire châtier le vol d'un pain d'une façon si rigoureuse ; et peut-être pourrait-on soutenir que non-seulement Jean Valjean n'eût pas été, alors, envoyé au bagne, mais bien plutôt que les patriotes de Faverolles eussent pendu à quelque lanterne de la ville le boulanger qui ne se fût pas laissé prendre un pain, salut de toute une famille. Jamais, en tous cas, à une époque comme celle dont il s'agit, le fait d'avoir trouvé un fusil chez Jean Valjean n'aurait pu passer pour une circonstance aggravante. L'histoire existe, qui prouve tout le contraire.

Ce ne sont là, sans doute, que des critiques bien peu importantes et qui, au fond, ne peuvent avoir aucune influence sur la question à traiter ; mais on regrette néanmoins d'avoir à les signaler à l'occasion d'une œuvre publiée par un de nos plus grands écrivains, d'une œuvre surtout qui nous est présentée comme devant avoir une haute portée philosophique et sociale.

Du reste, puisque l'exemple pris par M. Hugo ne peut servir à prouver que la loi pénale est trop rigoureuse, nous ne comprenons pas bien pourquoi il a choisi cet exemple, si l'idée générale qu'il a voulu soulever est véritablement celle-ci : que la société ajoute une aggravation à la peine subie, par la manière cruelle dont elle traite le forçat libéré, devenu pour elle un vrai paria. Sans doute M. Hugo a voulu nous intéresser autant que possible à son héros, ainsi qu'il est du devoir de tout bon romancier. Sans doute il a voulu que chacun pût se dire : « Quoi! voilà un pauvre homme qui, pour avoir commis une faute, grave certainement mais bien digne d'indulgence pourtant, eu égard au motif si naturel qui la lui a fait commettre, a passé, en expiation, de longues années au bagne ! Eh quoi? Par cela seul que cette faute a été punie d'une façon si sévère, ce pauvre homme, une fois sa peine subie, une fois sa dette payée à la loi, se verra fermer toutes les portes et sera repoussé partout et par tous comme un lépreux ou un chien enragé!... » Mais ce serait faire injure à M. Hugo, nous le croyons du moins, que de supposer qu'il n'a eu d'autre but, en écrivant son livre, que d'exciter notre intérêt pour un cas exceptionnel, que de faire naître en nous un sentiment de pitié pour ce pauvre Jean Valjean, voleur d'un pain destiné à nourrir sept enfants. M. Hugo certainement a voulu mieux que cela : il a visé plus haut et plus loin. Or, si l'idée que nous lui prêtons est réellement celle qui a présidé à la conception de son œuvre, il ne devait pas prendre, comme exemple, un sujet qui nous conduit directement à cette conclusion obligée : que le forçat libéré n'est, à sa sortie du bagne, digne d'un sort moins rigoureux que celui qu'on lui fait subir aujourd'hui, qu'autant que le crime pour lequel il a été condamné est un crime qui mérite indulgence. Le cas de Jean Valjean, qui n'est qu'une rare exception, devient alors exclusif. Le héros de son livre, tout au contraire, devait être un homme qui, ayant commis quelque crime bien abominable, un de ces crimes qui soulèvent la réprobation universelle, aurait pour ce fait passé quinze ou vingt ans de sa vie aux galères, mais qui, plein de repentir, aurait eu, à sa sortie du bagne et quoique placé en face d'une société justement défiante, le désir formel, la volonté bien arrêtée de vivre désormais honnête, quelque difficulté qu'il y trouvât. L'exemple eût pris ainsi une grande autorité, et l'enseignement qui en fût résulté eût acquis une portée morale que ne peut avoir le cas choisi par M. Hugo. En effet, ce qui, selon nous, doit rendre le forçat indigne de pardon et d'indulgence, ce n'est pas l'énormité de son crime, mais bien plutôt la mauvaise disposition de son esprit persistant, pendant la durée de sa peine, jusqu'à sa libération. Ce qui le prouve d'ailleurs, c'est que Jean Valjean sortait du bagne avec les sentiments d'un véritable scélérat, et qui, si plus tard il est devenu cet honnête et bon M. Madeleine que nous connaissons et apprécions, cette conversion ne peut être attribuée qu'à un de ces actes tellement rares et exceptionnels, que M. Hugo lui-même nous le présente comme sublime, comme étant l'œuvre d'un saint.

La tâche à remplir, telle que nous l'indiquons, eût sans doute été plus difficile; mais elle eût évité à M. Hugo le reproche grave d'avoir plutôt voulu séduire les imaginations impressionnables que convaincre les esprits sérieux.

La question que nous venons de soulever nous amènerait tout naturellement à traiter ici du second fait important que nous nous sommes proposé d'examiner dans la vie de Jean Valjean, c'est-à-dire de sa sortie du bagne. Mais auparavant, nous voulons dire deux mots des évasions si malencontreusement tentées par lui, et qui, de cinq ans, ont élevé sa peine jusqu'à dix-neuf ans de galères.

Dix-neuf ans de galères pour un pain volé! s'écrie M. Hugo. Oh! vraiment, lorsqu'on traite une question aussi sérieuse que celle dont il s'agit, lorsqu'on veut porter accusation contre la société entière, n'est-on pas coupable en émettant de semblables exagérations? Il est évident que si Jean Valjean n'avait pas volé un pain, il n'eût pas été condamné aux galères et n'eût pas tenté de s'évader. Mais l'exclamation de M. Hugo semblerait vouloir dire que l'évasion d'un forçat ne devrait être passible d'aucune peine, et c'est ce que nous ne pouvons admettre.

La loi maritime (mitigée toutefois dans l'application) ajoute, par chaque évasion, trois années de peine à la peine que subit déjà le forçat qui s'évade; et à moins que nous admettions que le condamné a le droit de se soustraire au châtiment qui lui est infligé, force nous est de reconnaître que la loi a bien fait d'édicter une peine contre ceux qui s'échappent du bagne. Quel peut être d'ailleurs le sort du forçat qui s'est évadé? Cent fois pire et plus difficile encore que celui du forçat libéré! Son signalement est envoyé à toutes les brigades de gendarmerie, qui le traquent comme une bête fauve; et forcément il lui faut commettre crimes ou délits tout au moins, seulement pour subvenir à son existence. Le forçat évadé n'eût-il donc été, au début, qu'un Jean Valjean, voleur d'un pain unique, eût-il même été condamné innocent, doit presqu'inévitablement, fatalement, devenir un criminel. Or, en présence d'un tel résultat probable, il est impossible que la loi ne se montre pas sévère pour les évasions; et on ne comprend plus pourquoi M. Hugo a voulu, dans son livre, que Jean Valjean tentât quatre fois de s'évader du bagne de Toulon. Pour notre part, du moins, nous n'y comprenons rien, à moins que ce ne soit simplement, ce qui est possible du reste, pour prolonger la peine de son héros jusqu'en

1815 et nous faire faire un saut de vingt années, parce que le développement de son œuvre l'exigeait ainsi ; ou bien encore, comme pourrait l'insinuer une critique moins bienveillante que la nôtre, parce que M. Victor Hugo n'avait trouvé, dans ses cartons, rien d'écrit sur l'époque intermédiaire.

Quoi qu'il en soit, passons maintenant à la seconde période intéressante de la vie de Jean Valjean, à sa sortie du bagne.

Quatre jours après sa libération, Jean Valjean arrive à Digne, ville inhospitalière s'il en fût, aux pauvres diables du moins qui sortent du bagne, où en effet pas une âme ne consent à lui vendre un verre d'eau, à lui céder une botte de paille pour reposer ses membres fatigués par douze heures de route. Jusque-là, il avait trouvé non-seulement gîte et nourriture, mais du travail, ce qui lui avait permis de ne pas toucher à son petit pécule. A Digne, il se voit repoussé jusque par un chien qui refuse de lui laisser partager sa niche. Quelle peut être la cause d'une si grande rigueur ? (En ce qui touche le chien on nous permettra de croire tout simplement qu'il eût fait de même avec le plus honnête homme) ; et faut-il attribuer à la loi ce mouvement de réprobation si universellement manifesté contre ce pauvre Jean Valjean reconnu pour un forçat libéré ? En aucune façon. Le forçat libéré est, à sa sortie du bagne, placé sous la surveillance de la haute police ; on lui assigne une résidence qu'il ne peut quitter sans se rendre coupable de rupture de ban ; on lui impose même l'itinéraire qu'il doit suivre, pour se rendre à cette résidence ; mais la police seule a connaissance de ses antécédents ; et si le secrétaire de la mairie de Digne a pu, par quelqu'indiscrétion, dévoiler un secret qui ne lui appartenait pas, il serait injuste de faire retomber sur la loi la faute d'un employé subalterne qui a méconnu jusqu'à son devoir d'homme. La police, il faut lui rendre cette justice, fait au contraire tout ce qui dépend d'elle pour que la vie passée de celui qu'elle doit surveiller encore, reste complétement ignorée; c'est même pour cette raison, croyons-nous, qu'on assigne au forçat libéré, pour séjour obligé, une ville éloignée du pays où il a commis son crime. Le secret d'ailleurs est imposé, et si bien gardé d'ordinaire qu'on a même été jusqu'à reprocher à la police sa trop grande discrétion, en soutenant que, pour un mariage par exemple, il était de son devoir, sinon d'avertir la famille dans laquelle veut entrer un forçat libéré, tout au moins de ne pas lui refuser les renseignements demandés.

Sans doute une indiscrétion est possible, et certes, nous ne voulons pas nier à M. Hugo, qui avait besoin de cela pour conduire Jean Valjean chez Mgr Bienvenu, pour placer (grande antithèse!) le forçat libéré en face de l'évêque, le droit d'user d'un pareil moyen, légitime assurément; mais nous ne pouvions moins cependant, afin d'empêcher une erreur que la lecture du roman tendrait peut-être à propager, que de présenter ici les faits sous leur véritable aspect.

Par suite donc de l'indiscrétion commise, Jean Valjean voit toutes les portes de Digne se fermer devant lui. Seul l'évêque de la ville, le plus philosophe des hommes, sinon le plus saint des prêtres, l'accueille sous son toit, partage avec lui son souper, lui donne un lit[1].

Avouons-le franchement; cette conduite de l'évêque est belle, très-belle. — Nous croyons bien qu'aujourd'hui, sinon en 1815, peu de personnes refuseraient un verre d'eau, un morceau de pain, une pièce de monnaie au galérien libéré; du moins, pour notre part nous n'aurions nulle répugnance à les lui donner. Mais nous confessons humblement que nous ne dormirions pas tranquille, si nous avions pour hôte un ex-pensionnaire de Brest ou de Toulon. Aussi admirons-nous, sans réserve, la sainte quiétude du charitable évêque, dont le som-

[1] Notons ici que le forçat libéré, qui touche des frais de route, pourrait demander qu'ils fussent remplacés par le morceau de pain, le verre d'eau et le galetas qu'il n'aurait pu se procurer lui-même.

meil ne fut pas un instant suspendu par la présence, dans la chambre voisine de la sienne, d'un homme, nous ne dirons pas qui avait volé un simple pain, puisque Mgr Myriel ne connaissait pas l'histoire de Jean Valjean, mais qui venait de faire dix-neuf ans de galères. Pourtant à cela seul se bornera notre admiration, et pour tout le reste, nous oserons trouver que la conduite de l'évêque est bien imprudente, sinon même coupable.

Il a son but, qui est grand. Il veut sauver du naufrage un homme qui se noie dans sa propre destinée. Bien, et nous applaudirons de grand cœur au résultat qu'il obtiendra. Mais, — et ceci est une remarque qui peut être faite en général pour tous les procédés dramatiques de M. Hugo qui, à l'inverse de Balzac, prend presque toujours les causes de ses effets dans des faits invraisemblables ou du moins trop forcés, — quel besoin avait cet évêque, qui cependant nous est présenté comme un sage, d'induire Jean Valjean en tentation (ce que défend l'Évangile) par l'étalage de son argenterie? Nous le comprenons bien : pour l'édification du roman, M. Hugo a voulu que Jean Valjean sût qu'il y avait des couverts d'argent, parce que le sachant il était certain qu'il tenterait de les voler, et que s'il les volait, cela fournirait à Mgr Myriel l'occasion de donner, par un pardon survenant en de pareilles circonstances, une grande secousse morale à l'esprit du forçat, secousse qui devait lui être salutaire. Mais en critique théâtrale, il y a un mot pour qualifier ces sortes de procédés littéraires ; et nous croyons véritablement que M. Hugo a assez d'imagination pour rester, s'il l'avait voulu, dans des données plus probables. Disons-le toutefois, Mgr Bienvenu nous semble doué d'un esprit assez subtil pour avoir, en effet, songé à tenter Jean Valjean, en prévoyant ce qui arriverait ; mais dans ce cas, bien lui a pris d'avoir le sommeil quelque peu dur, car s'il se fût réveillé pendant que l'ex-forçat s'emparait des couverts, il n'est douteux pour personne, pas même pour M. Hugo, que Jean Valjean ne l'eût assassiné ; et alors ce trop bon Mgr Myriel aurait eu à répondre devant son Juge Suprême d'une âme qu'il aurait pu sauver autrement peut-être, et que, par imprudence, il aurait perdue cependant. Saint Pierre, sans doute, eût demandé, dans ce cas, devant quel tribunal on devait renvoyer ce coupable... martyr.

La bienfaisante réception du saint prêtre n'avait eu effectivement aucune influence heureuse sur l'esprit du forçat. Jean Valjean a vu replacer les couverts d'argent. Ces couverts sont là, dans la chambre voisine de la sienne, qui est la chambre même de l'évêque ; il les voit, il les veut, il les aura. L'idée de les voler ne soulève en lui aucune hésitation ; et s'il balance un instant, c'est à la pensée seulement qu'il devra peut-être — assassiner celui qui l'a si bien reçu? Non, cette considération ne se présente même pas à lui, — mais tuer un homme, lui qui n'est encore qu'un voleur : ce qui lui coûte un peu, c'est l'idée d'un premier cadavre à faire. Mais, — et nous ne comprenons pas que ceci n'ait pas jeté quelque doute dans l'esprit de M. Hugo sur la justesse même de sa thèse, — les mauvais instincts l'emportent bien vite sur les bons, et Jean Valjean, qui autrefois a commis, peut-être sans bien savoir ce qu'il faisait, le vol d'un pain pour le porter à sept enfants affamés, va maintenant commettre le vol de six couverts d'argent sans autre mobile bien expliqué en lui que celui de mal faire, de rendre le mal pour le bien, sans même y être poussé par cette pensée que sa position de forçat libéré va lui rendre désormais presque impossible le moyen de vivre honnêtement. La captivité, le bagne l'ont perverti. L'esprit du mal le possède : il vole pour voler, et pour voler il tuera même s'il le faut. M. Hugo, nous le croyons alors dans le vrai, nous fait assister très en détail à ce travail latent d'une pensée que ne guide plus la conscience ; et nous voyons parfaitement comment Jean Valjean, ne songeant même pas ou songeant à peine qu'un vol nouveau doit certainement le faire rentrer au bagne, commet comme à plaisir ce second crime, auquel rien ne le pousse qu'un instinct mauvais.

En effet, Jean Valjean se lève, entre sans bruit dans la chambre de l'évêque, vole les couverts, et s'enfuit.

Le lendemain matin, les gendarmes l'arrêtent et le ramènent à l'évêché. Que fait alors l'évêque ? Il nie le vol : pour mieux faire croire à ce pieux mensonge, il fait don au coupable non-seulement des couverts volés, mais encore d'une paire de chandeliers en argent, qui étaient le seul luxe de l'évêché. — Cela sans doute est sublime d'abnégation ; et nous croyons volontiers que monseigneur Bienvenu avait, en faisant ce mensonge, l'intime persuasion qu'il arracherait ainsi au mal l'esprit de Jean Valjean ; mais cette conviction peut tout au plus servir d'excuse à tant de magnanimité en pareille circonstance. Le pardon des offenses est une sainte pratique qui nous est recommandée mais en supposant que les gendarmes laissassent aller se faire pendre ailleurs, comme on dit vulgairement, l'individu qui avouerait le vol d'objets trouvés en sa possession, n'était-ce pas, en effet, une bien grande responsabilité morale qu'assumait le vénérable ecclésiastique, en faisant relâcher Jean Valjean ; et n'a-t-on pas lieu de trouver que, jusqu'à un certain point, il devient ainsi solidaire du vol commis plus tard au détriment de Petit-Gervais ? — Il ne s'agit, il est vrai, dans ce dernier vol, que d'une pièce de deux francs, et peut-être M. Hugo a-t-il cru que la modicité de la somme devait atténuer la grandeur de la faute... Mais non, cela n'est pas possible : il n'est pas possible qu'un intelligence comme celle de M. Hugo ait pu se donner le change à elle-même en pareille matière ; il n'est pas possible que M. Hugo n'ait pas pensé que le plus ou le moins d'importance de la somme volée ne peut ni ajouter ni retrancher à la culpabilité du voleur ; que d'ailleurs les quarante sous pris à Petit-Gervais représentaient pour celui-ci tout un capital ; et que le voleur qui force une caisse vide n'en est pas moins un voleur. Non ; M. Hugo n'a pu se tromper ainsi! Que nous faut-il donc penser alors? Est-ce que la mauvaise foi?... Mais non encore. Ceci nous répugnerait à dire ; et nous aimons mieux reprocher à M. Hugo, comme nous l'avons fait déjà, de n'avoir pas assez songé à toutes ces questions si complexes. — En tous cas, voyez quelle inconséquence dans la façon dont tous ces événements sont présentés. Jean Valjean n'a volé (ne disons pas volé), n'a pris (ne disons même pas pris), n'a gardé que quarante sous, les quarante sous qu'avait laissé tomber Petit-Gervais ; ce fait à coup sûr ne peut jeter qu'une tache bien imperceptible sur la robe d'innocence que va tout à l'heure revêtir M. Madeleine ; et cependant cette faute, qui nous est présentée comme étant si légère, si même c'est une faute, puisqu'il semble résulter du récit que la volonté n'y a pas présidé, sera plus tard punie d'une condamnation à mort. D'une condamnation à mort ! c'est M. Hugo qui le dit.

Mais aussi bien ce n'est pas une pièce de deux francs que Jean Valjean vola ce soir-là. On nous a fait du moins une autre version qui nous a paru tout aussi vraisemblable que celle de M. Hugo , et voici ce qui nous a été raconté.

Jean Valjean avait quitté Digne. Il était assis derrière un buisson, à quelques pas de la route, profondément plongé dans les réflexions, si nouvelles pour lui, qu'avait fait naître en son esprit la conduite de l'évêque. Depuis combien de temps était-il là ? lui-même ne le savait ; seulement la nuit commençait. Or, juste en face de l'endroit où Valjean se trouvait assis, une voiture vint à verser : l'une des deux roues s'étant détachée, cette voiture était tombée sur sa caisse, et le conducteur en avait été jeté violemment hors du siége. Toutefois, comme ce conducteur n'avait d'autre blessure qu'une forte contusion à l'épaule, que la roue n'était pas cassée, et que l'écrou, tombé quelques pas en arrière, venait d'en être retrouvé par lui, il avait voulu essayer de relever le véhicule et d'en replacer la roue déviée. Mais dans les secousses occasionnées par cette tentative, le coffre brisé s'était ouvert et avait laissé tomber à terre une sacoche en cuir qui contenait 10,000 francs, tant en or qu'en argent. — Jean Valjean, quoiqu'ayant tout vu, n'avait pas songé à porter aide au conducteur : absorbé par ses pensées, il était resté jusque-là spectateur indifférent. Mais ce son métallique tout spécial aux espèces monnayées, qu'avait rendu le sac en tombant, l'avait comme réveillé en sursaut. Ce fut ainsi qu'un éclair, et l'on eût dit que la somme tout entière venait de passer, par mirage, devant ses yeux éblouis, pour le fasciner et l'attirer. D'un bond, il fut sur la route, et pendant que le conducteur se baissait pour ramasser la sacoche, lui-même s'en emparait. — Tous deux se relevèrent en même temps et se trouvèrent face à face. Il n'y eut hésitation ni de part ni d'autre : Jean Valjean comprit ce qu'il venait de faire et le conducteur l'avait vu. Une lutte terrible s'engagea. Mais le conducteur était blessé et Jean Valjean était, on le sait, d'une force herculéenne ; aussi, cinq minutes après, le conducteur gisait étendu sur la route et Jean Valjean avait disparu. Ce dernier avait asséné sur la tête de son adversaire un si furieux coup de bâton, que celui-ci en était tombé raide. Peut-être n'était-il pas tué; mais le cheval, qui était resté attelé, se trouvant abandonné à lui-même et ayant voulu s'approcher de la berge de la route pour y brouter l'herbe, la voiture avait passé sur le corps du pauvre homme, et lorsqu'une heure plus tard il était relevé par un de ces rouliers qui la veille avaient refusé de partager leur souper avec le forçat libéré, il avait cessé de vivre.

A la façon dont les choses s'étaient passées, on ne sut si cette mort du conducteur devait être attribuée à un crime ou seulement à la chute qu'il avait faite. Mais comme la sacoche n'était plus là, il fallut tout au moins supposer qu'elle avait été enlevée, après l'événement fatal, par un passant peu scrupuleux, et si la maréchaussée conçut le soupçon que Jean Valjean pouvait bien, d'une façon ou d'une autre, n'être pas étranger à l'affaire, l'enquête ouverte ne put du moins rien relever à cet égard.

La voiture était celle du courrier de Sisteron, et la sacoche contenait les fonds que le receveur particulier de cette ville envoyait à la recette générale de Digne.

Nous ne savons au juste quelle est la version vraie, de celle de M. Hugo ou de la nôtre; mais ce qui donne à celle-ci un grand air de probabilité, c'est qu'ainsi s'expliquerait le commencement de la fortune de M. Madeleine. — D'après le récit de M. Hugo, de quoi se composaient, en effet, les ressources de Jean Valjean à son arrivée à Montreuil-sur-Mer? De deux cent cinquante francs à peine. — A sa sortie du bagne, on lui avait remis cent dix francs, son pécule; mais après le vol commis au préjudice de Petit-Gervais, il avait donné vingt francs à un prêtre pour les pauvres, et c'est tout au plus s'il a pu tirer cent cinquante francs des couverts de l'évêque, qui pouvaient en valoir deux cents; car, dans la position où il se trouvait, il a nécessairement dû, pour les vendre, s'adresser à quelque recéleur, qui lui en aura donné le moins possible. Or, ce n'est pas avec deux cent cinquante francs, quelque simple qu'ait été son procédé nouveau pour la fabrication du jais imité, que le père Madeleine a pu faire les expériences nécessitées par son invention, et surtout s'en conserver le privilége, comme cela semble résulter du récit; et M. Hugo lui-même comprend si bien, sans doute, ces difficultés de détail que, pour les éviter, il glisse seulement sur cette partie bien importante de la vie de Jean Valjean, puisque, selon nous, c'est à ce moment-là surtout que le forçat libéré devait rencontrer les plus grands obstacles. Certes, si tous les galériens qui sortent du bagne n'éprouvaient pas plus de difficultés pour devenir millionnaires que n'en éprouva Jean Valjean à Montreuil-sur-Mer, nous croyons que bien peu d'entre eux ne voudraient vivre en honnêtes hommes, dussent-ils même, de temps en temps, se rencontrer face à face avec des Javert.

Une preuve encore que notre récit doit être le véritable, c'est qu'en 1820 on put lire, un matin, dans le *Moniteur*, cette phrase consacrée : « Une somme de 12,750 fr. a été versée, hier, au Trésor, à titre de restitution ; » qu'à la même époque, la veuve du courrier de Sisteron recevait mystérieusement une somme de vingt mille francs ; et que ces deux faits coïncidèrent avec un voyage que fit M. Madeleine à Paris pour opérer un placement dans la maison Laffitte. — Les 12,750 fr. versés au Trésor représentaient la somme volée, augmentée des intérêts capitalisés.

Quoi qu'il en soit du reste, et en supposant que Jean Valjean n'ait commis, en effet, que le vol de deux francs, nous comprenons moins que jamais encore pourquoi M. Hugo a voulu en faire le héros de son roman. La thèse de M. Hugo ne comportait pas ce détail, qu'elle devait écarter tout au contraire, et l'œuvre, au point de vue philosophique et social, eût singulièrement gagné à ce que l'auteur ne fît de Jean Valjean ni un voleur récidiviste, ni un forçat libéré en rupture de ban.

La donnée du livre eût alors été celle-ci : un forçat sortant du bagne avec la ferme volonté de se conduire désormais en honnête homme, se trouvant, au milieu d'une société justement prévenue contre lui, en butte à toutes sortes de difficultés et de misères, et finissant cependant, à force de bonnes œuvres et de vertus, par imposer aux uns la reconnaissance, aux autres le respect, à tous l'estime. Cette idée, si je ne me trompe, a déjà été indiquée, avec une autorité bien autrement grande que la nôtre, par M. Cuvillier-Fleury, l'éminent critique du *Journal des Débats*, et nous croyons qu'elle eût été, en effet, d'un enseignement moral bien supérieur à celui qui ressort des *Misérables*, tels qu'ils ont été conçus par M. Hugo. — Le sujet, ainsi traité, n'eût peut-être pas alors comporté des péripéties aussi extraordinaires, aussi émouvantes que celles qui se rencontrent dans l'odyssée de Jean Valjean; mais plus les faits eussent été simples, plus l'exemple en eût été salutaire et profitable.

Certainement il est difficile de trouver un plus parfait honnête homme que M. Madeleine; mais en définitive, ainsi que nous l'avons remarqué déjà, quelles sont donc les difficultés qu'il a éprouvées à Montreuil-sur-Mer pour vivre en homme de bien? Et si, à un moment donné, l'agent de police Javert cherche à troubler sa quiétude, la faute n'en est-elle pas, ni à la société, ni à la loi, mais à M. Hugo seul, qui a fait commettre un second vol à Jean Valjean et qui l'a placé en rupture de ban? Supposez un instant que, de Digne, après avoir passé tranquillement sa nuit sous le toit hospitalier de Mgr. Myriel, Jean Valjean se fût rendu directement à Pontarlier (nous disons Pontarlier, parce que c'était le lieu de résidence qui lui était assigné); et supposez qu'une fois dans cette ville il eût, soit pour une raison, soit pour une autre, demandé, ce qu'on ne lui aurait pas refusé, d'aller travailler à Montreuil-sur-Mer. Sans doute alors jamais on n'eut songé à en faire un chevalier de la Légion d'honneur, jamais il n'eût été nommé maire, parce que, dans ce cas, sa situation anormale eût été connue du commissaire de police de la ville; mais rien, absolument rien, n'eût pu l'empêcher d'exercer librement son industrie et de devenir même un riche manufacturier. Il y a des exemples de ce que nous disons là; et si le développement de cette idée vous eût porté, au contraire, à susciter à la réalisation des entreprises du héros ainsi posé des difficultés nées seulement de son passé, c'eût été alors que vous eussiez été autorisé à condamner la société pour sa trop grande dureté et qu'un appel à l'indulgence eût été sûrement écouté. Mais le Madeleine qui nous est présenté (ne serait-ce pas en souvenir de la Madeleine de l'Écriture que M. Hugo aurait choisi ce nom?) quelqu'honnête qu'il soit, n'est en réalité qu'un voleur récidiviste et un forçat libéré en rupture de ban; et si la probité et les vertus, dont il donne le continuel exemple à Montreuil-sur-Mer, doivent l'absoudre complétement d'un passé ainsi entaché de deux fautes, il faudra, pour être conséquent, aller jusqu'à dire qu'un assassin dont le crime n'aurait été découvert qu'au bout de huit ou neuf années et dont la vie, pendant tout ce temps-là, aurait été strictement honnête et pure, devrait, pour cette seule et unique raison, se trouver désormais à l'abri de toute poursuite et de tout châtiment. Or, c'est là une conséquence qu'il est impossible d'admettre [1]. Une preuve d'ailleurs que Javert, cet esclave d'une consigne rigoureuse, n'a pas précisément tort quand il dénonce M. Madeleine, comme étant Jean Valjean, c'est que M. Madeleine, dont la conscience parle alors un langage justement sévère, trouve à un moment donné qu'il est de son devoir, nettement tracé, de se dénoncer lui-même et qu'il le fait ainsi.

Disons-le ici : ce qui est à craindre pour un forçat libéré qui est devenu et qui veut rester honnête homme, ce n'est ni la société telle qu'elle est, ni même la police. Celle-ci, il est vrai, reste chargée de le surveiller, mais cette surveillance s'exerce très bénignement quand le forçat se conduit bien; la seule chose qui soit à redouter pour lui c'est d'être reconnu par quelqu'ancien compagnon de fers qui le menace de dévoiler son passé s'il ne lui donne de l'argent ou ne l'aide à commettre quelque nouveau crime. Mais ici c'est la loi du fait accom-

[1] Cela n'est nullement en contradiction avec le principe de la prescription, admis par le Code. La prescription, en effet, est acquise aussi bien à celui qui a continué dans la voie du mal, à celui même qui est encore au bagne pour expier d'autres crimes, qu'à celui qui, après sa faute, n'a plus mené qu'une vie remplie de bonnes œuvres. Les motifs qui ont porté le législateur à introduire la prescription en matière criminelle ne sont pas nettement déterminés. L'un d'eux, c'est que le souvenir du fait coupable a disparu, comme aussi le besoin de faire un exemple et qu'il n'y a plus utilité sociale. Un autre, peut-être est-ce le plus sérieux, c'est qu'après un certain temps, il y a perte des éléments de preuve de la culpabilité et surtout de la non-culpabilité.

pli, loi fatale celle-là, qui fait peser sur l'ex-galérien cette conséquence funeste. Le repentir peut bien au moral effacer complétement une faute commise ; mais vous n'arriverez jamais à rayer un événement de votre passé, et il est aux événements de certaines conséquences dont rien au monde ne peut préserver. Nous ne voulons pas dire, tant s'en faut, que ce danger, que nous signalons comme menaçant sans cesse le forçat libéré, ne puisse être amoindri. Il peut se faire, au contraire, que l'avenir prépare aux coupables, qui auront payé leur dette à la loi, un sort plus facile, plus en rapport, si on veut, avec les idées humanitaires et sociales qui germent au monde en ce moment. Mais c'est là justement la grande question à laquelle nous aurions voulu voir s'attacher la supérieure intelligence de M. Hugo; et si jusqu'ici nous nous sommes montré si sévère pour lui, c'est uniquement parce que nous avons vu qu'il était toujours resté à côté de cette question, sur laquelle cependant son génie eût pu répandre une si vive lumière. Que serait-il arrivé si M. Madeleine, l'industriel heureux, l'homme honnête respecté de tous, le bienfaiteur des pauvres, eût été reconnu et, par méchanceté, dénoncé aux habitants de Montreuil-sur-Mer comme étant Jean Valjean, le forçat libéré il est vrai, mais innocent cependant de toute récidive et de rupture de ban? C'est là ce que nous aurions désiré que nous montrât M. Hugo. Depuis huit ans, cet homme menait, au su et au vu d'une ville entière, la vie la plus exemplaire, la plus remplie de bonnes œuvres. Tout à coup on vient à savoir que dans sa jeunesse il a commis un crime et que, pour ce fait, il a subi vingt ans de galères. Quelle influence cette découverte aura-t-elle sur son avenir? Le crime qu'il a commis, quoiqu'expié aux yeux de la loi, va-t-il devenir la cause nouvelle d'une aversion plus ou moins grande, d'un mépris plus ou moins profond, selon que ce crime aura été plus ou moins épouvantable? Voilà ce qu'il eût fallu nous apprendre. Oh! si M. Hugo n'eût voulu faire qu'un roman plus ou moins intéressant, plus ou moins rempli d'événements extraordinaires, bien mal venu nous serions de soulever ces questions : le romancier pur n'est responsable que vis-à-vis de lui-même des moyens qu'il emploie pour amuser son lecteur ou l'émouvoir; s'il réussit tant mieux, s'il échoue tant pis! seule sa réputation d'écrivain peut y gagner ou y perdre. Dans l'œuvre que nous examinons ce n'est pas cela. M. Hugo n'est pas un romancier. M. Hugo est un penseur humanitaire et socialiste; c'est, pour employer la phraséologie à la mode, un chercheur non-seulement de la formule mais de l'idée nouvelle. Ne pas croire qu'il remplit un sacerdoce, serait lui faire injure, et certainement il n'est personne qui n'ait vu, ou au moins entendu dire qu'il fallait voir, dans l'œuvre qu'il vient de publier, comme un long réquisitoire contre la société telle qu'elle est, comme un éloquent plaidoyer en faveur de la société telle qu'elle devrait être. Voilà ce qui nous autorise à critiquer la personnalité de Jean Valjean telle qu'elle nous est présentée.

Revenons à l'examen des faits. La tranquillité de M. Madeleine paraissait assurée : le soupçonneux Javert lui-même était venu faire amende honorable, s'humilier devant l'irréprochabilité du grand industriel, du maire respecté. Mais la destinée humaine est si fragile, que le plus petit événement, l'événement en apparence le plus étranger, peut, en une minute, détruire les espérances les plus fondées, les existences les mieux assises.

C'était en 1823. Un pauvre homme, nommé Champmathieu, avait, un soir d'orage, ramassé sur la route, mais près d'un enclos entouré de murs, une branche chargée de pommes, que la tempête avait brisée sans doute, et, comme nous sommes durs, en France, pour le pauvre monde (ceci tendrait à le prouver du moins), Champmathieu, qui s'était machinalement emparé de cette branche, et qui, d'ailleurs, n'avait fait aucune difficulté pour l'abandonner lorsqu'on lui avait laissé entendre qu'il était soupçonné de l'avoir volée, fut arrêté et conduit à la prison d'Arras. L'accusation était ainsi formulée : « Vol avec escalade. » Pourtant, malgré les rigueurs du code pénal, appliqué surtout par M. Hugo, peut-être bien ce pauvre homme en eût-il été quitte pour se voir traduit en police correctionnel. Mais, en arrivant à Arras, il fut reconnu pour n'être autre que Jean Valjean, ce dangereux galérien, qui, à sa sortie du bagne, avait volé Petit-Gervais, et qui, depuis, était en rupture de bans. Cela ne pouvait moins que d'aggraver singulièrement sa position. On entrait alors dans le cas tout spécial de récidive commise par un forçat libéré, et l'affaire ressortait de la cour d'assises.

Trois autres forçats et Javert lui-même, l'inspecteur de police de Montreuil-sur-Mer, n'hésitaient pas davantage à le prendre pour Jean Valjean. Force nous est donc alors de reconnaître que la ressemblance entre ce dernier et Champmathieu devait être bien frappante, et puisque c'est par respect pour la vérité que M. Hugo a maintenu cette circonstance, que lui-même qualifie d'invraisemblable, nous ne lui ferons certes pas la moindre chicane à ce sujet. Tout au contraire: nous admettons parfaitement ce cas, quoiqu'excessivement rare, d'une ressemblance aussi parfaite entre deux individus complétement étrangers l'un à l'autre; et nous prendrons même ici la liberté de relever, en faveur de M. Hugo, une petite erreur qui a été commise par M. Norbert-Billiart, dans la Revue Judiciaire, si fort appréciée et recherchée, que ce jeune avocat publie, chaque mois, depuis quelque temps. A côté de remarques fort judicieuses sur le sujet même que nous traitons, M. Norbert Billiart dit qu'il eût été facile d'éviter toute confusion de personnes en découvrant l'épaule du pauvre Champmathieu et en n'y trouvant pas cette marque au fer rouge qui visait tout forçat avant 1832. Mais la marque, abolie par le code de 1791, n'avait été rétablie qu'en 1810, et même à partir de cette époque cette flétrissure, réservée pour les cas de travaux forcés à perpétuité, n'était subie par les condamnés à temps que dans certains cas spécifiés par la loi. Jean

Valjean ne pouvait donc pas être marqué, lui dont la condamnation remontait à 1795; et si l'absence sur l'épaule de Champmathieu des initiales fatales, n'aurait pu prouver qu'il était réellement Champmathieu, elle n'aurait pas davantage, en présence des déclarations recueillies, pu prouver qu'il n'était pas Jean Valjean.

Nous faisons donc très-volontiers à M. Hugo la concession d'admettre que les juges pouvaient commettre là une erreur, et nous la faisons d'autant plus volontiers que cela nous a valu un des plus beaux chapitres de son livre, celui qu'il intitule : « Une tempête sous un crâne. »

M. Madeleine avait appris par Javert tous les détails de cette triste affaire. Il savait qu'en raison de sa ressemblance fatale avec Jean Valjean e malheureux Champmathieu allait être infailliblement condamné à une peine que n'eût jamais sans cela entraîné le vol d'une branche de pommes, même commis avec escalade. Pour un cœur aussi honnête, aussi droit que celui de M. Madeleine, cette certitude avait quelque chose de terrible. Elle le plaçait dans l'alternative fatale ou de laisser le ury d'Arras condamner aux galères son sosie qui ne les méritait pas, ou de perdre, en se livrant lui-même et en faisant connaître son identité, toute cette considération publique que lui avaient value huit années d'une vie exemplairement honorable. — Ce fut une nuit bien horrible que celle que passa M. Madeleine à chercher une issue honnête à cette situation si délicate pour sa conscience. Champmathieu en somme n'était-il pas un voleur ? et pour que le passé de cet homme fût si complètement inconnu qu'on avait pu le prendre pour Jean Valjean, ne fallait-il pas aussi qu'il y eût dans ce passé quelque crime ignoré qui méritât à coup sûr la peine qu'on allait lui infliger ? Puis, M. Madeleine n'avait-il pas charge d'âmes ? S'il se dénonçait, que deviendraient ses fabriques, c'est-à-dire ces nombreux ouvriers, ces hommes, ces femmes qu'il faisait vivre ? Enfin cette Fantine, cette malheureuse mère, qui se mourait à l'hôpital, qui prendrait pitié d'elle, qui la secourrait dans sa misère, qui s'occuperait surtout de son enfant, de cette pauvre petite fille qu'elle avait été obligée de laisser à Montfermeil? N'étaient-ce pas là de suffisantes raisons pour qu'il se tût? Eh bien non. Peut-être ont-elles pu le faire hésiter; mais sa conscience un moment troublée avait fini par reprendre possession d'elle-même. Il voyait juste maintenant. Le devoir était tout tracé, il était un : aller à Arras pour se dénoncer.

Nous ne croyons pas avoir jamais rien lu de plus beau, de plus complet, de plus essentiellement vrai que ce chapitre, où M. Hugo nous fait assister au travail sur elle-même de cette conscience si pure mais si pleine d'émoi. Et le voyage à Arras ! quel vivant récit nous en fait l'auteur! O poëte ! comme tu es grand, quand tu restes dans le vrai ; comme tu nous emportes à ta suite quand tu marches vers le juste! Tu auras beau faire, c'est là le couronnement de ton œuvre. Pour nous, après cet acte d'abnégation sublime, il ne reste plus à Jean Valjean qu'à mourir. Comme le Christ, il a bu le calice jusqu'à la lie : sa rédemption est faite. Il peut escalader des murs de dix-huit pieds de haut à la force seule de ses genoux et de ses reins; il peut passer vingt-quatre heures dans le dédale des égouts de Paris, avec un cadavre sur les épaules; il peut même faire grâce de la vie à Javert, ce limier de police qui le poursuit partout ; pour nous tout cela n'est rien. Ce qui est quelque chose, ce sont ces simples mots prononcés devant le jury d'Arras : « Messieurs les jurés, faites relâcher l'accusé. L'homme que vous cherchez, ce n'est pas lui, c'est moi. Je suis Jean Valjean. »

En commençant, je vous ai prêté une idée, M. Hugo. Mais c'est à croire vraiment que j'ai été trop généreux. Qu'avez-vous donc voulu prouver, en effet? Quoi ! après sept années de la vie la plus irréprochable, après cet effort sublime qui l'a porté à se dénoncer lui-même pour sauver un autre de l'infamie, vous condamnez Jean Valjean à mort pour les deux francs volés à Petit-Gervais; par grâce, vous le conduisez une seconde fois à Toulon, puis vous le faites s'évader du bagne; et nous le montrant toujours plein de vertus, vous le placez, jusqu'à la fin de sa vie, sous l'incessante poursuite de la police! Encore une fois qu'avez-vous donc voulu prouver?

Que la loi est trop sévère? Oh! qu'on nous dispense vraiment de discuter cette question à propos de la condamnation à mort que vous faites infliger à Jean Valjean. Nous renonçons à démontrer, le code en main, que cette condamnation n'était pas possible et que, n'y eût-il pas eu prescription, les termes formels de la loi s'opposaient à ce qu'un sentence de mort fût prononcée en pareil cas. Il est impossible que vous ayez pu abuser à cet égard un seul de vos lecteurs.

Que c'est la société qui est trop dure? Mais vraiment encore, si vous n'avez ici d'autre preuve à nous fournir que votre simple assertion, nous garderons tout entière cette conviction bien arrêtée que, plus eût été sévère la peine édictée par le code, moins les jurés, comme membres de la société, eussent songé à en faire l'application dans les circonstances que vous indiquez. Pas un, nous en sommes sûr, n'eût voulu frapper M. Madeleine dans la personne de Jean Valjean; et cela nous semble si peu contestable que sur ce point non plus nous n'insisterons pas davantage. — Nous ferons seulement une remarque en passant, c'est qu'étant donné le caractère de M. Madeleine, tel que vous nous l'avez montré dans le chapitre que nous admirons tant, il n'est pas vraisemblable qu'il ait voulu, après la déclaration si solennelle qu'il avait faite devant le jury d'Arras, se soustraire au mandat d'amener lancé contre lui. En cela vous faussez son rôle. Sans vous et livré à lui-même, M. Madeleine, nous en sommes certain, se serait présenté devant ses juges avec le calme que donne le devoir accompli; et là, il eût plaidé et plaidé avec succès, nous n'en doutons pas, la grande cause, personnifiée en lui, de la réhabilitation du forçat libéré.

Est-ce alors la police que vous trouvez implacable ? Mais quoi, voici un condamné à perpétuité (puisqu'il vous a plu du moins de commuer la peine de Jean Valjean) qui s'échappe du bagne pour venir à Paris; qui une fois là ne fait absolument rien qui ne soit une maladresse propre à le trahir; qui néanmoins, et quoique sa présence ait été constatée, vit ainsi pendant dix ans, et qui finit, enfin, par mourir tranquillement dans son lit; et tout cela prouverait ?... Mais cela prouve tout simplement que la police était bien mal faite à Paris avant l'année 1833.

Était-ce donc pour arriver à cette conclusion que vous avez écrit dix volumes ? Dix volumes, pas un de moins ! Et la grande question de la réhabilitation du forçat libéré pourtant, où donc en avez-vous seulement dit deux mots ? Cent pages tout au moins ont été consacrées par vous à la question monacale, qui ne se rattachait à votre œuvre que d'une façon incidente. Pourquoi donc n'en avez-vous pas écrit, ne fût-ce que dix, sur celle qui paraît être la pensée inspiratrice du livre ? Nous ne nous fussions pas montré bien exigeant; et de même qu'à propos des couvents il est impossible de démêler quelle est au fond votre opinion, nous nous fussions contenté de voir votre immense intelligence nous fournir, sur une matière si grave, les arguments pour, à côté des arguments contre. La lumière qui se fût faite au choc de vos idées n'eût ainsi pas manqué de jeter au moins un vif éclat sur la question dont nous allons dire ici quelques mots.

Il y a longtemps déjà que le sort des forçats libérés occupe les esprits sérieux; et sans doute on finira par trouver, pour ces hommes, qui sont comme déclassés, le moyen de vivre plus facilement, sans que périclite pour cela la sûreté publique.

Commençons par le dire. A la répulsion qu'inspire de prime-abord tout individu sortant du bagne, il y a deux motifs bien légitimes : le premier, c'est la présomption que celui qui a été condamné aux galères a commis quelque crime abominable; le second, c'est l'expérience acquise qu'en général on sort du bagne plus perverti qu'on n'y est entré. De là une horreur instinctive.

Il est, en effet, malheureusement trop vrai que le séjour dans les prisons corrompt les condamnés, et qu'ainsi, à de rares exceptions près, le châtiment, loin de corriger le coupable, l'endurcit plutôt et le prédispose à de nouveaux crimes. Nous ne savons pas jusqu'à quel point le régime cellulaire ou le silence imposé aux prisonniers a pu même remédier à ce mal; et nous n'avons pas la prétention de chercher ici — notre cadre ne le comporte pas — quels pourraient être les moyens d'y apporter un palliatif. Des hommes d'expérience, d'érudition et de sagesse se sont occupés et s'occupent encore de cette question difficile. M. le conseiller Bonneville de Marsangy entr'autres a publié récemment, sur ce sujet, un travail qui a été fort remarqué et apprécié. Aussi ne désespérons-nous pas de voir un jour trouver une solution que tout le premier nous appelons de nos vœux.

Ce ne sont pas seulement les difficultés que le forçat peut rencontrer, à sa sortie du bagne, pour se procurer du travail et reconquérir une place dans la société, qui le rejettent dans la voie du crime. Cela, sans doute, peut y contribuer dans une limite que nous ne pouvons indiquer; mais les mauvais conseils de ses co-détenus, souvent même les conseils seuls de la haine que le châtiment infligé a fait naître en lui, suffisent pour qu'à sa libération il n'ait d'autre pensée que celle de se venger, en commettant de nouveaux crimes. M. Victor Hugo le dit, en parlant de Jean Valjean : « Il avait condamné la société à sa haine. »

Ainsi donc, avant de songer à faire que le sort du forçat libéré soit moins difficile, impossible même si l'on veut, il faudra, croyons-nous, commencer par chercher à moraliser le forçat pendant qu'il subit encore sa peine. Autrement, ainsi que cela est arrivé à monseigneur Myriel, ceux qui se montreront pleins de bienveillance pour les individus sortant du bagne risqueront toujours d'être les premières victimes de leur bonté, sans avoir pour cela, comme le charitable évêque, la douce compensation de produire des incarnations nouvelles et de changer les Valjean en pères Madeleine.

Mais ce n'est pas tout. Alors même que vous aurez moralisé le détenu et qu'avant sa libération définitive, vous l'aurez, par exemple, fait passer par l'épreuve de la libération préparatoire, jamais vous n'obtiendrez que la société ne conserve pas une légitime défiance contre celui qui a commis un premier méfait. Il n'y a pas que la perversion qui conduise au crime : la passion elle-même peut, en un instant, rendre coupable l'homme le plus honnête ; et nul ne peut répondre que celui qui sort du bagne pour en avoir tué un autre, dans un mouvement de colère par exemple, ne recommencera pas, les mêmes circonstances étant données. Ce qui fait naître l'horreur pour un ancien forçat, ce n'est pas seulement l'infamie résultant pour lui de la peine subie, c'est plutôt le crime lui-même qu'il a commis. — A ce sujet, nous dirons même, avec M. Tissot, que nous ne comprenons pas bien que le code ait cru devoir attacher l'infamie à certaines peines, l'infamie résultant surtout de l'opinion publique, qui fait l'honneur et le déshonneur ; et si la sentence d'un tribunal peut à elle seule flétrir un innocent, c'est là certainement dans la loi un vice qu'il faudrait écarter. Si donc nous sommes dans le vrai, en exprimant ceci, que du crime même résulte surtout l'infamie, il nous faudra conclure qu'on ne réhabilite pas un individu dans l'estime publique par cela seul qu'on lui ouvre les portes d'une prison.

On dit, et M. Gabriel Benoît-Champy le répétait encore dernièrement, dans un article précisément écrit à propos des *Misérables* : « Le forçat libéré a payé sa dette à la loi, il a le droit de vivre comme tout le monde. » Mais réfléchissons-y bien, cela ne peut signifier ce qu'on semble vouloir dire. D'abord le forçat libéré n'est pas dans la condition de tout le monde, puisqu'il reste sous la surveillance de la haute police. Ensuite, que de gens probes, qui tout en ayant le droit de vivre, ne trouvent pas à vivre pourtant? que d'ouvriers honnêtes qui souvent restent sans ouvrage ! Enfin nous faisons une distinction qui a son importance, et nous croyons qu'on ne peut pas, à volonté, dire d'un forçat libéré qu'il a payé sa dette à la loi ou qu'il a payé sa dette à la société. Il y a là pour nous une différence essentielle, résultant de ce qu'il ne faut pas confondre la perte de la considération publique avec la perte de certains droits d'ordre moral ; et un exemple peut, tout de suite, faire bien comprendre notre pensée. Un individu a commis un crime ; ce crime n'est découvert qu'après dix ans ; la prescription est acquise, nulle poursuite ne peut être intentée ; la dette à la loi se trouve acquittée. La dette à la société le sera-t-elle aussi ? Voilà, pensons-nous, ce qu'on ne peut admettre ; et nous trouvons juste, au contraire, qu'à cet individu la société fasse bien sentir qu'elle ne le tient pas quitte. La peine physique n'est plus possible, la peine morale n'en devra être que plus sévère peut-être. Ainsi donc la dette à la société n'est pas toujours payée en même temps que la dette à la loi. — Autre exemple : deux crimes sont commis, deux assassinats; les victimes sont, d'un côté, l'un de ces hommes dont le génie fait l'admiration du monde entier, de l'autre, un pauvre idiot dont l'existence est toute animale; les deux assassins sont condamnés à la même peine. La dette à payer à la loi est identique. Mais prétendra-t-on que la dette contractée vis-à-vis de la société soit la même? Nous déclarons franchement que, quant à nous, cela ne nous paraît pas possible. La société a subi, dans l'un de ces deux cas, une perte que rien ne peut réparer ; et si la loi, qui est générale et qui ne peut mettre en balance la valeur des individus, inflige aux deux coupables un châtiment égal, n'est-il pas équitable alors que la société fasse entre eux une différence bien marquée, quant à la responsabilité morale, et qu'elle laisse, sur le premier au moins, peser toute sa sévérité ?

Nous irons plus loin. Nous sommes de ceux qui admettent, dans une vie future, la récompense des bonnes œuvres comme le châtiment des mauvaises ; et cependant nous trouverions juste encore que le coupable subît toujours ici-bas la mésestime publique en punition de son crime, comme nous voudrions que l'honnête homme reçût toujours, même en ce monde, la récompense de ses bonnes actions. Dans la vie, par malheur, il arrive parfois que des actes d'abnégation et de dévouement ont, pour ceux qui les ont accomplis, de ces résultats déplorables qui compromettent à jamais leur bonheur entier et jusqu'à leur existence. Pourquoi alors trouverait-on injuste que celui qui a commis un crime restât toujours sous le coup de la réprobation générale, ou tout au moins tant qu'il n'a pas, comme Jean Valjean, racheté son passé par une longue suite, non interrompue, d'œuvres méritantes! D'ailleurs, enfin, dans le siècle où nous vivons, où chacun puise sa règle de conduite dans des principes plus ou moins philosophiques, dictés par une conscience plus ou moins éclairée, où dominent en tous cas le matérialisme et l'égoïsme portés au plus haut degré, n'est-il pas bon qu'il reste encore à ceux que tente le crime cette perspective terrible d'une vie devenant presqu'impossible, une fois même subie la peine légale qu'il peut entraîner.

Oh! peut-être bien y a-t-il lieu d'hésiter avant de répondre ici d'une manière absolue; mais toutes ces considérations prouvent au moins que la question est bien complexe, bien difficile à résoudre, et expliquent pourquoi, sans doute, la solution n'en a pas encore été trouvée.

Nous ne savons le résultat qu'ont donné les essais de colonies pour les condamnés et pour les libérés. L'idée semble bonne pourtant, et peut-être, serait-ce celle qui remédierait le mieux aux inconvénients qui naissent, pour la société comme pour l'ex-forçat lui-même, de la rentrée de ce dernier dans le droit commun. Dans ces colonies, où chacun des membres peut, sans rougir, en regarder un autre en face, où nul n'a le droit de reprocher aux autres une infamie qui pèse également sur lui, la vie, en effet, doit être beaucoup plus facile pour ceux que le bagne rend à la liberté. Mais reste encore ici la question de savoir si la société peut ainsi complétement rejeter de son sein tous les individus que le crime a flétris.

Sans doute la vie est bien pénible pour les forçats libérés dont le passé criminel est connu, et bien peu savent lutter contre les difficultés qui résultent pour eux de leur position exceptionnelle ; mais aussi le mérite n'en est que plus grand pour celui qui, en pareil cas, sait résister aux tentations de toutes sortes qui l'assaillent ; et c'est peut-être là, en réalité, le seul moyen qu'il ait de gagner sa réhabilitation. Si le système des colonies était adopté, faudrait-il donc peut-être au moins laisser aux forçats le droit de choisir, à leur sortie du bagne, entre la vie plus facile de ces colonies et la vie plus ardue qui les attend au milieu d'une société défiante et hostile.

En résumé, que devons-nous conclure de tout cela ? Qu'il faut laisser les choses telles qu'elles sont, et que la société doit continuer à peser de toute sa rigueur contre ceux de ses membres qui se sont une première fois livrés au crime ? En aucune façon. A côté des considérations que nous venons d'exposer, il en est d'autres qui n'ont pas moins de valeur. — En ce qui touche le coupable, l'idée de la peine est double : son but n'est pas seulement de faire expier, mais aussi de corriger ; et puis si, d'un côté, la société a le droit de se montrer sévère, elle a, de l'autre, le devoir de prévenir les récidives et de pardonner au coupable qui se repent. Comme le dit Bentham, si un criminel, après avoir subi sa peine dans les prisons, ne doit pas être rendu à la liberté sans précaution et sans épreuve, il ne faut pas non plus, ajoute le célèbre criminaliste anglais, l'abandonner à toutes les tentations de l'isolement, de la misère, d'une convoitise aiguisée par de longues privations ; et il est certain que l'impossibilité presque absolue dans laquelle se trouve le forçat libéré d'obtenir du travail le rejette presque infailliblement, fatalement dans la voie du crime. A ce point de vue, il est donc non-seulement du devoir, mais de l'intérêt de la société de ne pas se montrer rigoureuse à l'excès ; et à côté de la question de charité chrétienne qui recommande de rendre le bien pour le mal, de la question d'humanité qui ne permet pas que la société prive l'un de ses membres, quelqu'indigne qu'il soit, de travail, c'est-à-dire de pain, il y a aussi la question de moralité qui exige qu'on laisse au coupable le moyen de revenir aux sentiments d'honnêteté qu'il a méconnus et de racheter sa vie passée par une vie nouvelle. Il faut, non-seulement qu'il puisse se repentir, mais qu'il ait le temps de prouver qu'il se repent, puisque c'est de cette façon seule qu'il peut obtenir une réhabilitation que la loi elle-même lui permet d'espérer.

On le voit donc, la question n'est pas facile à épuiser ; et pour la traiter convenablement ce ne serait pas trop peut-être de dix volumes comme ceux dont se composent *les Misérables*. Mais ce que nous en avons dit doit amplement suffire pour prouver (nous n'avons pas eu d'autre but que celui-ci) qu'il est plus facile de crier anathème contre la société et la loi que d'arriver à indiquer même vaguement quelle pourrait être la solution du problème à résoudre. Et c'est pourquoi nous regrettons sincèrement, nous le répétons, que M. Hugo n'ait pas cru devoir dire seulement deux mots d'un sujet aussi vaste, car nous sommes persuadé que son génie nous eût alors fourni des aperçus nouveaux bien plus concluants que le roman invraisemblable qu'il vient de publier. Nous sommes sûr d'ailleurs qu'en approfondissant la question il aurait reconnu qu'il faisait fausse route.

Disons-le du reste. Nous sommes vraiment étonné qu'un écrivain, dont on veut faire le grand pontife de l'idée nouvelle et qui paraît, en effet, dans quelques-unes de ses œuvres, n'avoir abordé de grandes questions philosophiques et sociales que sous l'inspiration de convictions profondes, se montre parfois si inconséquent avec lui-même. Nous en donnerons ici une preuve, qui se rattache d'ailleurs parfaitement au sujet que nous venons de traiter. Il s'agit de la peine de mort.

Tout le monde sait que M. Hugo a publié autrefois contre la peine de mort un livre qui certainement renferme les plus belles pages qui jamais aient été écrites sur cette terrible matière; et nous sommes tout prêt à proclamer que, si aujourd'hui la peine de mort est si rarement appliquée, c'est à ce livre peut-être qu'il faut, en grande partie, en attribuer le mérite. Eh bien! nous avons été péniblement surpris, profondément affecté, lorsque, dans un épisode de son livre nouveau, nous avons vu l'un de ses héros, le plus pur peut-être, condamner à mort, de sa seule autorité, l'agent de police Javert et l'espion Claquesous, et exécuter même, de sa propre main, la sentence qu'il venait de prononcer contre ce dernier. Certes, ce Claquesous était un misérable, et nous ne prétendons pas plus excuser sa conduite que M. Hugo, en plaidant l'abolition de la peine de mort, n'a entendu excuser ce qui est crime; mais Enjolras, qui nous est présenté dans le roman comme étant déjà, dès 1838, l'apôtre de ces doctrines socialistes et soi-disant humanitaires qui se sont depuis produites si souvent, Enjolras, de qui M. Hugo fait le Messie de principes nouveaux qui doivent un jour gouverner la société régénérée, Enjolras, qui était venu chercher, à la barricade de la rue de la Chanvrerie, cette mort de martyr qui féconde les idées pour lesquelles on meurt, Enjolras ne devait pas s'arroger à lui seul un droit que, nous en sommes certain, il aurait refusé à la société tout entière. Nous savons bien qu'il était nécessaire, pour amener le dénoûment du livre que Jean Valjean pût sauver la vie à Javert; mais nous n'en regrettons pas moins de voir que cet Enjolras, au cœur si haut placé, à qui vous donnez la liberté pour maîtresse, ait voulu frapper de mort un ennemi sans défense, dont le seul tort, en réalité, était d'avoir accompli son devoir en obéissant à des ordres reçus. Nous ne voulons pas dire que ce fait n'est pas vraisemblable, bien au contraire, puisque l'expérience nous a prouvé que la fraternité se prêche volontiers le fusil à la main; mais nous eussions aimé que l'idée nouvelle eût mieux inspiré M. Hugo. Son roman eût peut-être à cela perdu deux épisodes éminemment dramatiques ; mais lorsqu'on a des convictions sincères, nous croyons qu'il est bien de leur faire quelques sacrifices ; et M. Hugo n'eut rien fait de trop, en immolant à son opinion sur la peine de mort, un ou deux effets de pure mise en scène.

C'est par cette considération que nous terminerons une étude que nous eussions voulu voir faite par un autre, bien qu'à défaut d'esprit nous y ayons mis toute notre conscience.

Comme on le voit, de l'œuvre de M. Hugo nous n'avons touché qu'à ce qui nous a paru être l'idée principale du livre. Pourtant notre travail tout entier se trouve renfermé dans les deux premiers volumes, et il resterait fort à dire encore sur les huit autres. Mais c'est avec intention que nous avons voulu limiter notre examen : s'il nous eût fallu relever tout ce qui nous a semblé faux dans l'ouvrage entier, cela nous eût entraîné beaucoup trop loin. Il est, en effet, bien peu de questions sociales, politiques, philosophiques ou religieuses qui n'y soient effleurées au moins, et nous reconnaissons modestement que la tâche eût été au-dessus de nos forces, si nous eussions dû faire pour chacune de ces questions ce que nous avons voulu tenter pour une seule. Cependant nous ne pouvons résister à la tentation de placer ici quelques remarques à propos du personnage de Fantine, de cette malheureuse mère qui se fait prostituée pour pouvoir nourrir son enfant.

Au début du livre, dans une scène, où bien à tort, selon nous, M. Hugo a tenté d'imiter le genre bohême, il nous présente quatre grisettes, dont trois qu'il appelle des *filles philosophes* et la quatrième qui était une *fille sage*. Cette dernière c'était Fantine.

Nous ne sommes pas puriste, et certainement lorsque nous verrons M. Hugo nous raconter, en exagérant les faits peut-être, que cette pauvre femme dût, un jour, vendre ses cheveux et ses dents pour obtenir les quelques pièces d'argent que lui réclamait le père nourricier de sa fille, nous nous laisserons complétement aller à n'éprouver pour cette malheureuse, cette *misérable*, que les plus purs sentiments de commisération et de pitié. Nous ne penserons sûrement pas à rechercher alors si toute cette misère ne vient pas d'une faute commise et si, comme nous l'avons déjà dit à propos de Jean Valjean, elle n'est pas le résultat d'un acte antérieur, dont la responsabilité ne peut pas être complétement écartée. Mais nous serions bien aise, cependant, de savoir si réellement dans cette société réformée qu'il s'agit de constituer, toute fille sera réputée *sage*, dont l'amour sera *un premier amour*, *un amour unique*, *un amour fidèle.*

M. Hugo nous dit: « *Pour vivre, elle travailla; puis, toujours pour vivre, car le cœur a sa faim aussi, elle aima.* » Voilà certes une phrase bien tournée et qui nous a fait plaisir à lire comme phrase; mais comme morale ?... A défaut de sentiments religieux, sont-ce là les sentiments philosophiques qui doivent devenir dorénavant la règle de conduite de nos sœurs, de nos filles? Et lorsque le cœur d'une femme a faim d'amour, doit-elle donc désormais trouver dans ce besoin, quelque naturel qu'il soit, la légitime excuse d'une conduite que la morale a toujours réprouvée jusqu'à présent? Doit-elle, sans scrupule aucun, se livrer toute entière à des désirs que la certitude d'une satisfaction permise ne fera encore qu'aviver? Si ce sont là, en effet, les principes nouveaux qu'il faut admettre, nous ne sommes plus étonné que vous donniez le nom de philosophes à ces filles, que jusqu'à ce jour on appelait autrement. — Il faut que cesse ici toute équivoque, et si pour excuser la faute de Fantine, vous n'avez pas de meilleures raisons à nous donner que celles-là, oh! alors, nous déclarons hautement, monsieur Hugo, que comme écrivain moraliste, nous ne vous ferons pas même l'honneur de vous comparer à Eugène Sue : nous ne trouverons plus que Restif de la Bretonne avec qui vous puissiez être mis en balance.

Toujours à propos de Fantine, et puisque cette pauvre femme devient si malheureuse, nous pourrions peut-être encore nous demander s'il ne faudrait pas tirer du roman de M. Hugo cette conclusion qu'il eût mieux valu pour elle être une fille *philosophe* qu'une fille *sage*; nous pourrions aussi, sans doute, tenter de réduire à leur juste valeur quelques exagérations de détail et dire, par exemple, qu'il eût été moins difficile et moins pénible pour Fantine d'en appeler à M. Madeleine de la sentence d'expulsion prononcée contre elle par la directrice des ateliers du grand industriel de Montreuil-sur-Mer, que de se résoudre à vendre ses cheveux et surtout ses dents. Mais tout cela finirait par nous entraîner dans de trop longues considérations, et nous préférons, pour finir, dire du livre quelques mots au point de vue littéraire. Au moins ici nous n'aurons qu'à louer sans réserve.

Comme écrivain, M. Hugo nous paraît être en effet le plus grand génie littéraire que nous ayons. Le comparer à d'autres n'est pas possible. Lamartine séduit. Balzac attache. Victor Hugo étonne et subjugue.

Certainement, si on voulait *écheniller* son style, comme il propose, lui, *d'écheniller Dieu*, on trouverait mille choses à reprendre dans ces phrases souvent heurtées, où fourmillent les antithèses, où s'entrechoquent les mots les moins faits pour se rencontrer. Mais nous dirons de M. Victor Hugo ce qu'on pourrait dire aussi, croyons-nous, de M. Eugène Delacroix : il faut nous estimer heureux de ce que, comme le grand coloriste, le grand écrivain se soit écarté des voies ouvertes et battues : c'est par cela seul qu'il est *lui*; et nous jouissons encore en le lisant, à trouver de ces phrases qui n'obéissent à aucune règle et qu'on sent nées d'une pensée trop fougueuse. Corrects en tout,

M. Hugo et M. Delacroix ne seraient peut-être pas arrivés à être ces deux géants de l'art, dont le génie s'impose même à leurs détracteurs. Pas plus l'un que l'autre, si nous ne nous trompons, n'a réussi à faire des élèves. Leur gloire est d'être uniques.

C'est donc un tort, pensons-nous, que de se montrer trop sévère, en matière de style, pour un homme dont la grande ambition a été de s'en créer un qui lui fût propre. Nous n'oserions du moins nous permettre de critiquer quelques extravagances de plume, à côté de ces pages si nombreuses, brillantes et sublimes, qui provoquent chez tous l'admiration la plus complète.

Blâmerons-nous au moins la façon peu ordonnée dont est composé le roman, et déplorerons-nous d'en voir la marche comme arrêtée par ces longues dissertations qui, souvent, ne s'y rattachent que par un mot? Pas davantage. Tout cela nous a valu de trop belles choses pour que nous regrettions de les avoir rencontrées même par hasard. C'est sans qu'on s'y attende qu'on trouve les trésors!

Pourquoi donc M. Hugo, au lieu d'un livre socialiste, n'a-t-il pas voulu faire une œuvre littéraire, seulement littéraire?

Paris, 15 septembre 1862.

FIN

Paris. — Imprimerie VALLÉE, 15, rue Breda.

www.ingramcontent.com/pod-product-compliance
Ingram Content Group UK Ltd.
Pitfield, Milton Keynes, MK11 3LW, UK
UKHW012113240726
13965UKWH00004B/1732

9 782013 062466